Heinrich Heine, geboren am 13. Dezember 1797 in Düsseldorf, ist am 17. Februar 1856 in Paris gestorben.

Liebe bei Heine? Nichts liegt näher, als beide Begriffe zusammenzuführen. Nicht nur das *Buch der Lieder* zeugt davon: Liebesgefühle werden besungen, von der Liebsten bis hin zum Vaterland, Treue und Eifersucht, die Sehnsüchte der Hoffenden und Verschmähten – Lamento und Gelächter, Verzweiflung und Komik.

Nicht nur das 19. Jahrhundert hat den Liebeslyriker Heine entdeckt. Sein *Buch der Lieder*, in dem sich (ein Teil) seiner Liebesgedichte findet, zählt in unseren Tagen zu Heines meistgelesenem Werk.

Und Heines Liebesgedichte? Nichts scheint schwerer, als eine Auswahl daraus zusammenzustellen. Doch wenn der Stachel sitzt, wenn Pegasus in Cupidos Namen seinen Pfeil auf den Weg gebracht hat, dann kann man nichts anderes mehr lesen.

So ging es Friedrich von Gentz im Jahre 1830, als er sich im Alter noch einmal leidenschaftlich in die junge Tänzerin Fanny Elßler verliebte und Heines *Buch der Lieder* entdeckte. So erging es Thomas Brasch, als er die vorliegende Auswahl von Heines Liebesgedichten zusammenstellte. Er konnte nichts anderes mehr lesen, und so zeigt diese ganz persönliche Zusammenstellung, welch packende Kraft der Lyriker Heine auf den Lyriker Thomas Brasch ausübt.

insel taschenbuch 1444

Heinrich Heine

Gedichte aus Liebe

HEINRICH HEINE
GEDICHTE
AUS LIEBE

Auswahl von
Thomas Brasch

Insel Verlag

insel taschenbuch 1444
Erste Auflage 1992
Originalausgabe

Hinweise zu dieser Ausgabe am Schluß des Bandes
Vertrieb durch den Suhrkamp Taschenbuch Verlag
Umschlag nach Entwürfen von Willy Fleckhaus
Satz: LibroSatz, Kriftel
Druck: Nomos Verlagsgesellschaft, Baden-Baden
Printed in Germany

1 2 3 4 5 6 – 97 96 95 94 93 92

GEDICHTE AUS LIEBE

THOMAS BRASCH
VOR WORT FÜR HEINE

Das Lieben hat ihn krank gemacht
Die Krankheit liebte ihn
Hat ihm sein Lächeln ausgelacht
Und ihn in den Tod geschrien

Dein Zivilis* steckt an und heilt
Mich hat sie in mein Land vertrieben
Hier werden Küsse ausgeteilt
Wie Schüsse und das nennt man: Lieben.

* Damals: Syphilis, heute übersetzbar mit Ehe, Beruf, Erfolg.

LASS AB!

Der Tag ist in die Nacht verliebt,
Der Frühling in den Winter,
Das Leben verliebt in den Tod –
Und du, du liebest mich!

Du liebst mich – schon erfassen dich
Die grauenhaften Schatten,
All deine Blüte welkt,
Und deine Seele verblutet.

Laß ab von mir, und liebe nur
Die heiteren Schmetterlinge,
Die da gaukeln im Sonnenlicht –
Laß ab von mir und dem Unglück.

(1829)

EIN WEIB

Sie hatten sich beide so herzlich lieb,
Spitzbübin war sie, er war ein Dieb.
Wenn er Schelmenstreiche machte,
Sie warf sich aufs Bett und lachte.

Der Tag verging in Freud und Lust,
Des Nachts lag sie an seiner Brust.
Als man ins Gefängnis ihn brachte,
Sie stand am Fenster und lachte.

Er ließ ihr sagen: O komm zu mir,
Ich sehne mich so sehr nach dir,
Ich rufe nach dir, ich schmachte –
Sie schüttelt' das Haupt und lachte.

Um sechse des Morgens ward er gehenkt,
Um sieben war er ins Grab gesenkt;
Sie aber schon um achte
Trank roten Wein und lachte.

(1835)

DER WECHSELBALG

Ein Kind mit großem Kürbiskopf,
Hellblondem Schnurrbart, greisem Zopf,
Mit spinnig langen, doch starken Ärmchen,
Mit Riesenmagen, doch kurzen Gedärmchen –
Ein Wechselbalg, den ein Korporal,
Anstatt des Säuglings, den er stahl,
Heimlich gelegt in unsre Wiege –
Die Mißgeburt, die mit der Lüge,
Mit seinem geliebten Windspiel vielleicht,
Der alte Sodomiter gezeugt –
Nicht brauch ich das Ungetüm zu nennen –
Ihr sollt es ersäufen oder verbrennen!

(1844)

AN MEINE MUTTER, B. HEINE, GEBORNE V. GELDERN

Ich bin's gewohnt den Kopf recht hoch zu tragen,
Mein Sinn ist auch ein bißchen starr und zähe;
Wenn selbst der König mir ins Antlitz sähe,
Ich würde nicht die Augen niederschlagen.
Doch, liebe Mutter, offen will ich's sagen:
Wie mächtig auch mein stolzer Mut sich blähe,
In deiner selig süßen, trauten Nähe
Ergreift mich oft ein demutvolles Zagen.
Ist es dein Geist, der heimlich mich bezwinget,
Dein hoher Geist, der alles kühn durchdringet,
Und blitzend sich zum Himmelslichte schwinget?
Quält mich Erinnerung, daß ich verübet
So manche Tat, die dir das Herz betrübet,
Das schöne Herz, das mich so sehr geliebet?

(1821)

DONNA CLARA

In dem abendlichen Garten
Wandelt des Alkaden Tochter;
Pauken- und Trommetenjubel
Klingt herunter von dem Schlosse.

»Lästig werden mir die Tänze
Und die süßen Schmeichelworte,
Und die Ritter, die so zierlich
Mich vergleichen mit der Sonne.

Überlästig wird mir alles,
Seit ich sah, beim Strahl des Mondes,
Jenen Ritter, dessen Laute
Nächtens mich ans Fenster lockte.

Wie er stand so schlank und mutig,
Und die Augen leuchtend schossen
Aus dem edelblassen Antlitz,
Glich er wahrlich Sankt Georgen.«

Also dachte Donna Clara,
Und sie schaute auf den Boden;
Wie sie aufblickt, steht der schöne,
Unbekannte Ritter vor ihr.

Händedrückend, liebeflüsternd,
Wandeln sie umher im Mondschein,

Und der Zephyr schmeichelt freundlich,
Märchenartig grüßen Rosen.

Märchenartig grüßen Rosen,
Und sie glühn wie Liebesboten. –
»Aber sage mir, Geliebte,
Warum du so plötzlich rot wirst?«

»Mücken stachen mich, Geliebter,
Und die Mücken sind, im Sommer,
Mir so tief verhaßt, als wären's
Langenas'ge Judenrotten.«

»Laß die Mücken und die Juden«,
Spricht der Ritter, freundlich kosend.
Von den Mandelbäumen fallen
Tausend weiße Blütenflocken.

Tausend weiße Blütenflocken
Haben ihren Duft ergossen. –
»Aber sage mir, Geliebte,
Ist dein Herz mir ganz gewogen?«

»Ja, ich liebe dich, Geliebter,
Bei dem Heiland sei's geschworen,
Den die gottverfluchten Juden
Boshaft tückisch einst ermordet.«

»Laß den Heiland und die Juden«,
Spricht der Ritter, freundlich kosend.

In der Ferne schwanken traumhaft
Weiße Lilien, lichtumflossen.

Weiße Lilien, lichtumflossen,
Blicken nach den Sternen droben. –
»Aber sage mir, Geliebte,
Hast du auch nicht falsch geschworen?«

»Falsch ist nicht in mir, Geliebter,
Wie in meiner Brust kein Tropfen
Blut ist von dem Blut der Mohren
Und des schmutz'gen Judenvolkes.«

»Laß die Mohren und die Juden«,
Spricht der Ritter, freundlich kosend;
Und nach einer Myrtenlaube
Führt er die Alkadentochter.

Mit den weichen Liebesnetzen
Hat er heimlich sie umflochten;
Kurze Worte, lange Küsse,
Und die Herzen überflossen.

Wie ein schmelzend süßes Brautlied
Singt die Nachtigall, die holde;
Wie zum Fackeltanze hüpfen
Feuerwürmchen auf dem Boden.

In der Laube wird es stiller,
Und man hört nur, wie verstohlen,

Das Geflüster kluger Myrten
Und der Blumen Atemholen.

Aber Pauken und Trommeten
Schallen plötzlich aus dem Schlosse,
Und erwachend hat sich Clara
Aus des Ritters Arm gezogen.

»Horch! da ruft es mich, Geliebter,
Doch, bevor wir scheiden, sollst du
Nennen deinen lieben Namen,
Den du mir so lang verborgen.«

Und der Ritter, heiter lächelnd,
Küßt die Finger seiner Donna,
Küßt die Lippen und die Stirne,
Und er spricht zuletzt die Worte:

»Ich, Señora, Eur Geliebter,
Bin der Sohn des vielbelobten,
Großen, schriftgelehrten Rabbi
Israel von Saragossa.«

(1823)

ICH HATTE EINST
EIN SCHÖNES VATERLAND

Ich hatte einst ein schönes Vaterland.
Der Eichenbaum
Wuchs dort so hoch, die Veilchen nickten sanft.
Es war ein Traum.

Das küßte mich auf deutsch, und sprach auf deutsch
(Man glaubt es kaum
Wie gut es klang) das Wort: »Ich liebe dich!«
Es war ein Traum.

(1833)

ICH HAB IM TRAUM GEWEINET

Ich hab im Traum geweinet,
Mir träumte du lägest im Grab.
Ich wachte auf und die Träne
Floß noch von der Wange herab.

Ich hab im Traum geweinet,
Mir träumt' du verließest mich.
Ich wachte auf, und ich weinte
Noch lange bitterlich.

Ich hab im Traum geweinet,
Mir träumte du bliebest mir gut.
Ich wachte auf, und noch immer
Strömt meine Tränenflut.

(1822)

WIR STANDEN AN DER STRASSENECK

Wir standen an der Straßeneck
Wohl über eine Stunde;
Wir sprachen voller Zärtlichkeit
Von unsrem Seelenbunde.

Wir sagten uns viel hundertmal
Daß wir einander lieben;
Wir standen an der Straßeneck,
Und sind da stehn geblieben.

Die Göttin der Gelegenheit,
Wie'n Zöfchen, flink und heiter,
Kam sie vorbei und sah uns stehn,
Und lachend ging sie weiter.

(1832)

SAG MIR WER EINST DIE UHREN ERFUND

Sag mir wer einst die Uhren erfund,
Die Zeitabteilung, Minuten und Stund?
Das war ein frierend trauriger Mann.
Er saß in der Winternacht und sann,
Und zählte der Mäuschen heimliches Quicken
Und des Holzwurms ebenmäßiges Picken.

Sag mir wer einst das Küssen erfund?
Das war ein glühend glücklicher Mund;
Er küßte und dachte nichts dabei.
Es war im schönen Monat Mai,
Die Blumen sind aus der Erde gesprungen,
Die Sonne lachte, die Vögel sungen.

(1830)

MEIN SÜSSES LIEB, WENN DU IM GRAB

Mein süßes Lieb, wenn du im Grab,
Im dunkeln Grab wirst liegen,
Dann will ich steigen zu dir hinab,
Und will mich an dich schmiegen.

Ich küsse, umschlinge und presse dich wild,
Du Stille, du Kalte, du Bleiche!
Ich jauchze, ich zittre, ich weine mild,
Ich werde selber zur Leiche.

Die Toten stehn auf, die Mitternacht ruft,
Sie tanzen im luftigen Schwarme;
Wir beide bleiben in der Gruft,
Ich liege in deinem Arme.

Die Toten stehn auf, der Tag des Gerichts
Ruft sie zu Qual und Vergnügen;
Wir beide bekümmern uns um nichts,
Und bleiben umschlungen liegen.

(1822)

POMARE

Alle Liebesgötter jauchzen
Mir im Herzen, und Fanfare
Blasen sie und rufen: »Heil!
Heil, der Königin Pomare!«

Jene nicht von Otahaiti –
Missionärisiert ist jene –
Die ich meine, die ist wild,
Eine ungezähmte Schöne.

Zweimal in der Woche zeigt sie
Öffentlich sich ihrem Volke
In dem Garten Mabill, tanzt
Dort den Cancan, auch die Polke.

Majestät in jedem Schritte,
Jede Beugung Huld und Gnade,
Eine Fürstin jeder Zoll
Von der Hüfte bis zur Wade –

Also tanzt sie – und es blasen
Liebesgötter die Fanfare
Mir im Herzen, rufen: »Heil!
Heil der Königin Pomare!«

(1845)

ICH WEISS NICHT, WAS SOLL ES BEDEUTEN

Ich weiß nicht, was soll es bedeuten,
Daß ich so traurig bin;
Ein Märchen aus alten Zeiten,
Das kommt mir nicht aus dem Sinn.

Die Luft ist kühl und es dunkelt,
Und ruhig fließt der Rhein;
Der Gipfel des Berges funkelt
Im Abendsonnenschein.

Die schönste Jungfrau sitzet
Dort oben wunderbar,
Ihr goldnes Geschmeide blitzet,
Sie kämmt ihr goldenes Haar.

Sie kämmt es mit goldenem Kamme,
Und singt ein Lied dabei;
Das hat eine wundersame,
Gewaltige Melodei.

Den Schiffer im kleinen Schiffe
Ergreift es mit wildem Weh;
Er schaut nicht die Felsenriffe,
Er schaut nur hinauf in die Höh.

Ich glaube, die Wellen verschlingen
Am Ende Schiffer und Kahn;

Und das hat mit ihrem Singen
Die Lorelei getan.

(1823)

LEBENSGRUSS
(Stammbuchblatt)

Eine große Landstraß ist unsere Erd,
Wir Menschen sind Passagiere;
Man rennet und jaget zu Fuß und zu Pferd,
Wie Läufer oder Kuriere.

Man fährt sich vorüber, man nicket, man grüßt
Mit dem Taschentuch aus der Karosse;
Man hätte sich gerne geherzt und geküßt,
Doch jagen von hinnen die Rosse.

Kaum trafen wir uns auf derselben Station,
Herzliebster Prinz Alexander,
Da bläst schon zur Abfahrt der Postillion,
Und bläst uns schon auseinander.

(1820)

DIE ALTEN, BÖSEN LIEDER

Die alten, bösen Lieder,
Die Träume schlimm und arg,
Die laßt uns jetzt begraben,
Holt einen großen Sarg.

Hinein leg ich gar manches,
Doch sag ich noch nicht was;
Der Sarg muß sein noch größer
Wie's Heidelberger Faß.

Und holt eine Totenbahre,
Von Brettern fest und dick;
Auch muß sie sein noch länger
Als wie zu Mainz die Brück.

Und holt mir auch zwölf Riesen,
Die müssen noch stärker sein
Als wie der heil'ge Christoph
Im Dom zu Köln am Rhein.

Die sollen den Sarg forttragen,
Und senken ins Meer hinab,
Denn solchem großen Sarge
Gebührt ein großes Grab.

Wißt ihr warum der Sarg wohl
So groß und schwer mag sein?

Ich legt auch meine Liebe
Und meinen Schmerz hinein.

(1821)

EIN JÜNGLING LIEBT EIN MÄDCHEN

Ein Jüngling liebt ein Mädchen,
Die hat einen andern erwählt;
Der andre liebt eine andre,
Und hat sich mit dieser vermählt.

Das Mädchen heiratet aus Ärger
Den ersten besten Mann,
Der ihr in den Weg gelaufen;
Der Jüngling ist übel dran.

Es ist eine alte Geschichte,
Doch bleibt sie immer neu;
Und wem sie just passieret,
Dem bricht das Herz entzwei.

(1822)

WENN ICH, BESELIGT VON SCHÖNEN KÜSSEN

Wenn ich, beseligt von schönen Küssen,
In deinen Armen mich wohl befinde,
Dann mußt du mir nie von Deutschland reden; –
Ich kann's nicht vertragen – es hat seine Gründe.

Ich bitte dich, laß mich mit Deutschland in Frieden!
Du mußt mich nicht plagen mit ewigen Fragen
Nach Heimat, Sippschaft und Lebensverhältnis; –
Es hat seine Gründe – ich kann's nicht vertragen.

Die Eichen sind grün, und blau sind die Augen
Der deutschen Frauen; sie schmachten gelinde
Und seufzen von Liebe, Hoffnung und Glauben; –
Ich kann's nicht vertragen – es hat seine Gründe.

(1834)

HAB ICH NICHT DIESELBEN TRÄUME

Hab ich nicht dieselben Träume
Schon geträumt von diesem Glücke?
Waren's nicht dieselben Bäume,
Blumen, Küsse, Liebesblicke?

Schien der Mond nicht durch die Blätter
Unsrer Laube hier am Bache?
Hielten nicht die Marmorgötter
Vor dem Eingang stille Wache?

Ach! ich weiß wie sich verändern
Diese allzu holden Träume,
Wie mit kalten Schneegewändern
Sich umhüllen Herz und Bäume;

Wie wir selber dann erkühlen
Und uns fliehen und vergessen,
Wir, die jetzt so zärtlich fühlen,
Herz an Herz so zärtlich pressen.

(1830)

MIR TRÄUMTE VON EINEM SCHÖNEN KIND

Mir träumte von einem schönen Kind,
Sie trug das Haar in Flechten;
Wir saßen unter der grünen Lind,
In blauen Sommernächten.

Wir hatten uns lieb und küßten uns gern,
Und kosten von Freuden und Leiden.
Es seufzten am Himmel die gelben Stern,
Sie schienen uns zu beneiden.

Ich bin erwacht und schau mich um,
Ich steh allein im Dunkeln.
Am Himmel droben, gleichgültig und stumm,
Seh ich die Sterne funkeln.

(1834)

ES WAR EIN ALTER KÖNIG

Es war ein alter König,
Sein Herz war schwer, sein Haupt war grau;
Der arme alte König,
Er nahm eine junge Frau.

Es war ein schöner Page,
Blond war sein Haupt, leicht war sein Sinn;
Er trug die seidne Schleppe
Der jungen Königin.

Kennst du das alte Liedchen?
Es klingt so süß, es klingt so trüb!
Sie mußten beide sterben,
Sie hatten sich viel zu lieb.

(1830)

WENN ICH IN DEINE AUGEN SEH

Wenn ich in deine Augen seh,
So schwindet all mein Leid und Weh;
Doch wenn ich küsse deinen Mund,
So werd ich ganz und gar gesund.

Wenn ich mich lehn an deine Brust,
Kommt's über mich wie Himmelslust;
Doch wenn du sprichst: »Ich liebe dich!«
So muß ich weinen bitterlich.

(1821)

ALTES LIED

Du bist gestorben und weißt es nicht,
Erloschen ist dein Augenlicht,
Erblichen ist dein rotes Mündchen,
Und du bist tot, mein totes Kindchen.

In einer schaurigen Sommernacht
Hab ich dich selber zu Grabe gebracht;
Klaglieder die Nachtigallen sangen,
Die Sterne sind mit zur Leiche gegangen.

Der Zug, der zog den Wald vorbei,
Dort widerhallt die Litanei;
Die Tannen, in Trauermänteln vermummet,
Sie haben Totengebete gebrummet.

Am Weidensee vorüber ging's,
Die Elfen tanzten inmitten des Rings;
Sie blieben plötzlich stehn und schienen
Uns anzuschaun mit Beileidsmienen.

Und als wir kamen zu deinem Grab,
Da stieg der Mond vom Himmel herab.
Er hielt eine Rede. Ein Schluchzen und Stöhnen,
Und in der Ferne die Glocken tönen.

(1824)

ZUM HAUSFRIEDEN

Viele Weiber, viele Flöhe,
Viele Flöhe, vieles Jucken –
Tun sie heimlich dir ein Wehe,
Darfst du dennoch dich nicht mucken.

Denn sie rächen, schelmisch lächelnd,
Sich zur Nachtzeit – Willst du drücken
Sie ans Herze, lieberöchelnd,
Ach, da drehn sie dir den Rücken.

(1851)

Vergiftet sind meine Lieder; –
Wie könnt es anders sein?
Du hast mir ja Gift gegossen
Ins blühende Leben hinein.

Vergiftet sind meine Lieder; –
Wie könnt es anders sein?
Ich trage im Herzen viel Schlangen,
Und dich, Geliebte mein.

(1822)

NACHT LAG AUF MEINEN AUGEN

Nacht lag auf meinen Augen,
Blei lag auf meinem Mund,
Mit starrem Hirn und Herzen
Lag ich im Grabesgrund.

Wie lang, kann ich nicht sagen,
Daß ich geschlafen hab;
Ich wachte auf und hörte
Wie's pochte an mein Grab.

»Willst du nicht aufstehn, Heinrich?
Der ew'ge Tag bricht an,
Die Toten sind erstanden,
Die ew'ge Lust begann.«

Mein Lieb, ich kann nicht aufstehn,
Bin ja noch immer blind;
Durch Weinen meine Augen
Gänzlich erloschen sind.

»Ich will dir küssen, Heinrich,
Vom Auge fort die Nacht;
Die Engel sollst du schauen,
Und auch des Himmels Pracht.«

Mein Lieb ich kann nicht aufstehn,
Noch blutet's immerfort,

Wo du ins Herz mich stachest
Mit einem spitz'gen Wort.

»Ganz leise leg ich, Heinrich,
Dir meine Hand aufs Herz;
Dann wird es nicht mehr bluten,
Geheilt ist all sein Schmerz.«

Mein Lieb, ich kann nicht aufstehn,
Es blutet auch mein Haupt;
Hab ja hineingeschossen,
Als du mir wurdest geraubt.

»Mit meinen Locken, Heinrich,
Stopf ich des Hauptes Wund,
Und dräng zurück den Blutstrom,
Und mache dein Haupt gesund.«

Es bat so sanft, so lieblich,
Ich konnt nicht widerstehn;
Ich wollte mich erheben,
Und zu der Liebsten gehn.

Da brachen auf die Wunden,
Da stürzt' mit wilder Macht
Aus Kopf und Brust der Blutstrom,
Und sieh! – ich bin erwacht.

(1822)

ZUM POLTERABEND

Mit deinen großen, allwissenden Augen
Schaust du mich an, und du hast recht:
Wie konnten wir zusammentaugen,
Da du so gut, und ich so schlecht!

Ich bin so schlecht und bitterblütig,
Und Spottgeschenke bring ich dar
Dem Mädchen, das so lieb und gütig,
Und ach! sogar aufrichtig war.

(1828)

KLAGELIED EINES ALTDEVTSCHEN JÜNGLINGS

Wohl dem, dem noch die Tugend lacht,
Weh dem, der sie verlieret!
Es haben mich armen Jüngling
Die bösen Gesellen verführet.

Sie haben mich um mein Geld gebracht,
Mit Karten und mit Knöcheln;
Es trösteten mich die Mädchen,
Mit ihrem holden Lächeln.

Und als sie mich ganz besoffen gemacht
Und meine Kleider zerrissen,
Da ward ich armer Jüngling
Zur Tür hinausgeschmissen.

Und als ich des Morgens früh erwacht,
Wie wundr ich mich über die Sache!
Da saß ich armer Jüngling
Zu Kassel auf der Wache. –

(1824)

ICH HALTE IHR DIE AUGEN ZU

Ich halte ihr die Augen zu
Und küß sie auf den Mund;
Nun läßt sie mich nicht mehr in Ruh,
Sie fragt mich um den Grund.

Von Abend spät bis morgens fruh,
Sie fragt zu jeder Stund:
Was hältst du mir die Augen zu
Wenn du mir küßt den Mund?

Ich sag ihr nicht weshalb ich's tu,
Weiß selber nicht den Grund –
Ich halte ihr die Augen zu
Und küß sie auf den Mund.

(1833)

WANDERE!

Wenn dich ein Weib verraten hat,
So liebe flink eine andre;
Noch besser wär es, du ließest die Stadt –
Schnüre den Ranzen und wandre!

Du findest bald einen blauen See,
Umringt von Trauerweiden;
Hier weinst du aus dein kleines Weh
Und deine engen Leiden.

Wenn du den steilen Berg ersteigst,
Wirst du beträchtlich ächzen;
Doch wenn du den felsigen Gipfel erreichst,
Hörst du die Adler krächzen.

Dort wirst du selbst ein Adler fast,
Du bist wie neugeboren,
Du fühlst dich frei, du fühlst; du hast
Dort unten nicht viel verloren.

(1844)

WENN ZWEI VONEINANDER SCHEIDEN

Wenn zwei voneinander scheiden,
So geben sie sich die Händ,
Und fangen an zu weinen,
Und seufzen ohne End.

Wir haben nicht geweinet,
Wir seufzten nicht weh und ach!
Die Tränen und die Seufzer,
Die kamen hintennach.

(1822)

ES HATTE MEIN HAUPT DIE SCHWARZE FRAU

Es hatte mein Haupt die schwarze Frau
Zärtlich ans Herz geschlossen;
Ach! meine Haare wurden grau,
Wo ihre Tränen geflossen.

Sie küßte mich lahm, sie küßte mich krank,
Sie küßte mir blind die Augen;
Das Mark aus meinem Rückgrat trank
Ihr Mund mit wildem Saugen.

Mein Leib ist jetzt ein Leichnam, worin
Der Geist ist eingekerkert –
Manchmal wird ihm unwirsch zu Sinn,
Er tobt und rast und berserkert.

Ohnmächtige Flüche! Dein schlimmster Fluch
Wird keine Fliege töten.
Ertrage die Schickung, und versuch
Gelinde zu flennen, zu beten.

(1854)

SIE LIEBTEN SICH BEIDE, DOCH KEINER

Sie liebten sich beide, doch keiner
Wollt es dem andern gestehn;
Sie sahen sich an so feindlich,
Und wollten vor Liebe vergehn.

Sie trennten sich endlich und sahn sich
Nur noch zuweilen im Traum;
Sie waren längst gestorben,
Und wußten es selber kaum.

(1825)

NICHT LANGE TÄUSCHTE MICH DAS GLÜCK

Nicht lange täuschte mich das Glück,
Das du mir zugelogen,
Dein Bild ist wie ein falscher Traum
Mir durch das Herz gezogen.

Der Morgen kam, die Sonne schien,
Der Nebel ist zerronnen;
Geendigt hatten wir schon längst,
Eh wir noch kaum begonnen.

(1832)

IM TRAUM SAH ICH DIE GELIEBTE

Im Traum sah ich die Geliebte,
Ein banges, bekümmertes Weib,
Verwelkt und abgefallen
Der sonst so blühende Leib.

Ein Kind trug sie auf dem Arme,
Ein andres führt sie an der Hand,
Und sichtbar ist Armut und Trübsal
Am Gang und Blick und Gewand.

Sie schwankte über den Marktplatz,
Und da begegnet sie mir,
Und sieht mich an, und ruhig
Und schmerzlich sag ich zu ihr:

»Komm mit nach meinem Hause,
Denn du bist blaß und krank;
Ich will durch Fleiß und Arbeit
Dir schaffen Speis und Trank.

Ich will auch pflegen und warten
Die Kinder, die bei dir sind,
Vor allem aber dich selber,
Du armes, unglückliches Kind.

Ich will dir nie erzählen,
Daß ich dich geliebet hab,

Und wenn du stirbst, so will ich
Weinen auf deinem Grab.«

(1824)

NUN IST ES ZEIT, DASS ICH MIT VERSTAND

Nun ist es Zeit, daß ich mit Verstand
Mich aller Torheit entled'ge;
Ich hab so lang als ein Komödiant
Mit dir gespielt die Komödie.

Die prächt'gen Kulissen, sie waren bemalt
Im hochromantischen Stile,
Mein Rittermantel hat goldig gestrahlt,
Ich fühlte die feinsten Gefühle.

Und nun ich mich gar säuberlich
Des tollen Tands entled'ge,
Noch immer elend fühl ich mich,
Als spielt ich noch immer Komödie.

Ach Gott! im Scherz und unbewußt
Sprach ich was ich gefühlet;
Ich hab mit dem Tod in der eignen Brust
Den sterbenden Fechter gespielet.

(1824)

WENN ICH AN DEINEM HAUSE

Wenn ich an deinem Hause
Des Morgens vorübergeh,
So freut's mich, du liebe Kleine,
Wenn ich dich am Fenster seh.

Mit deinen schwarzbraunen Augen
Siehst du mich forschend an:
Wer bist du, und was fehlt dir,
Du fremder, kranker Mann?

»Ich bin ein deutscher Dichter,
Bekannt im deutschen Land;
Nennt man die besten Namen,
So wird auch der meine genannt.

Und was mir fehlt, du Kleine,
Fehlt manchem im deutschen Land;
Nennt man die schlimmsten Schmerzen,
So wird auch der meine genannt.«

(1824)

DAS MACHT DEN MENSCHEN GLÜCKLICH

Das macht den Menschen glücklich,
Das macht den Menschen matt,
Wenn er drei sehr schöne Geliebte
Und nur zwei Beine hat.

Der einen lauf ich des Morgens,
Der andern des Abends nach;
Die dritte kommt zu mir des Mittags
Wohl unter mein eignes Dach.

Lebt wohl, ihr drei Geliebten,
Ich hab zwei Beine nur,
Ich will in ländlicher Stille
Genießen die schöne Natur.

(1832)

ZU DER LAUHEIT
UND DER FLAUHEIT

Zu der Lauheit und der Flauheit
Deiner Seele paßte nicht
Meiner Liebe wilde Rauheit,
Die sich Bahn durch Felsen bricht.

Du, du liebtest die Chausseen
In der Liebe, und ich schau
Dich am Arm des Gatten gehen,
Eine brave, schwangre Frau.

(1830)

DAS FRÄULEIN STAND AM MEERE

Das Fräulein stand am Meere
Und seufzte lang und bang,
Es rührte sie so sehre
Der Sonnenuntergang.

Mein Fräulein! sein Sie munter,
Das ist ein altes Stück;
Hier vorne geht sie unter
Und kehrt von hinten zurück.

(1832)

KITTY STIRBT! UND IHRE WANGEN

Kitty stirbt! und ihre Wangen
Seh ich immer mehr erblassen.
Dennoch kurz vor ihrem Tode
Muß ich Ärmster sie verlassen.

Kitty stirbt! und kalt gebettet
Liegt sie bald im Kirchhofsgrunde.
Und sie weiß es! Doch für andre
Sorgt sie bis zur letzten Stunde.

Sie verlangt, daß ich die Strümpfe
Nächsten Winter tragen solle,
Die sie selber mir gestrickt hat
Von der wärmsten Lämmerwolle.

(1834)

Selten habt ihr mich verstanden,
Selten auch verstand ich euch,
Nur wenn wir im Kot uns fanden,
So verstanden wir uns gleich.

(1824)

ICH HABE VERLACHT,
BEI TAG UND BEI NACHT

Ich habe verlacht, bei Tag und bei Nacht,
So Männer wie Frauenzimmer,
Ich habe große Dummheiten gemacht –
Die Klugheit bekam mir noch schlimmer.

Die Magd ward schwanger und gebar –
Wozu das viele Gewimmer?
Wer nie im Leben töricht war,
Ein Weiser war er nimmer.

(1853)

LEBEWOHL

Hatte wie ein Pelikan
Dich mit eignem Blut getränket,
Und du hast mir jetzt zum Dank
Gall und Wermut eingeschenket.

Böse war es nicht gemeint,
Und so heiter blieb die Stirne;
Leider mit Vergeßlichkeit
Angefüllt ist dein Gehirne.

Nun leb wohl – du merkst es kaum,
Daß ich weinend von dir scheide.
Gott erhalte, Törin, dir
Flattersinn und Lebensfreude!

(1819)

LOTOSBLUME

Wahrhaftig, wir beide bilden
Ein kurioses Paar,
Die Liebste ist schwach auf den Beinen,
Der Liebhaber lahm sogar.

Sie ist ein leidendes Kätzchen,
Und er ist krank wie ein Hund,
Ich glaube, im Kopfe sind beide
Nicht sonderlich gesund.

Sie sei eine Lotosblume,
Bildet die Liebste sich ein;
Doch er, der blasse Geselle,
Vermeint der Mond zu sein.

Die Lotosblume erschließet
Ihr Kelchlein im Mondenlicht,
Doch statt des befruchtenden Lebens
Empfängt sie nur ein Gedicht.

(1855)

WORTE! WORTE! KEINE TATEN!

Worte! Worte! keine Taten!
Niemals Fleisch, geliebte Puppe,
Immer Geist und keinen Braten,
Keine Knödel in der Suppe!

Doch vielleicht ist dir zuträglich
Nicht die wilde Lendenkraft,
Welche galoppieret täglich
Auf dem Roß der Leidenschaft.

Ja, ich fürchte fast, es riebe,
Zartes Kind, dich endlich auf
Jene wilde Jagd der Liebe,
Amors Steeple-chase-Wettlauf.

Viel gesünder, glaub ich schier,
Ist für dich ein kranker Mann
Als Liebhaber, der gleich mir
Kaum ein Glied bewegen kann.

Deshalb unsrem Herzensbund,
Liebste, widme deine Triebe;
Solches ist dir sehr gesund,
Eine Art Gesundheitsliebe.

(1855)

SIE TAT SO FROMM, SIE TAT SO GUT

Sie tat so fromm, sie tat so gut,
Ich glaubt einen Engel zu lieben;
Sie schrieb die schönsten Briefe mir,
Und konnt keine Blume betrüben.

In Bälde sollte Hochzeit sein,
Das hörten die lieben Verwandten,
Die Berta war ein dummes Ding,
Denn sie folgte den Basen und Tanten.

Sie hielt nicht Treu, sie hielt nicht Schwur,
Ich habe es gern ihr vergeben;
Sie hätte in der Ehe sonst
Verbittert mir Lieben und Leben.

Denk ich nun an ein treulos Weib,
So denke an Berta ich wieder,
Und habe nur noch einen Wunsch:
Sie komme recht glücklich nieder.

(1828)

SEI MIR GEGRÜSST, DU GROSSE

Sei mir gegrüßt, du große,
Geheimnisvolle Stadt,
Die einst in ihrem Schoße
Mein Liebchen umschlossen hat.

Sagt an, ihr Türme und Tore,
Wo ist die Liebste mein?
Euch hab ich sie anvertrauet,
Ihr solltet mir Bürge sein.

Unschuldig sind die Türme,
Sie konnten nicht von der Stell,
Als Liebchen mit Koffern und Schachteln
Die Stadt verlassen so schnell.

Die Tore jedoch, die ließen
Mein Liebchen entwischen gar still;
Ein Tor ist immer willig,
Wenn eine Törin will.

(1824)

MAN GLAUBT, DASS ICH MICH GRÄME

Man glaubt, daß ich mich gräme
In bitterm Liebesleid,
Und endlich glaub ich es selber,
So gut wie andre Leut.

Du Kleine mit großen Augen,
Ich hab es dir immer gesagt,
Daß ich dich unsäglich liebe,
Daß Liebe mein Herz zernagt.

Doch nur in einsamer Kammer
Sprach ich auf solche Art,
Und ach! ich hab immer geschwiegen
In deiner Gegenwart.

Da gab es böse Engel,
Die hielten mir zu den Mund;
Und ach! durch böse Engel
Bin ich so elend jetzund.

(1824)

AN JENNY

Ich bin nun fünfunddreißig Jahr alt,
Und du bist fünfzehnjährig kaum . . .
O Jenny, wenn ich dich betrachte,
Erwacht in mir der alte Traum!

Im Jahre achtzehnhundertsiebzehn
Sah ich ein Mädchen, wunderbar
Dir ähnlich in Gestalt und Wesen,
Auch trug sie ganz wie du das Haar.

»Ich geh auf Universitäten«,
Sprach ich zu ihr, »ich komm zurück
In kurzer Zeit, erwarte meiner.«
Sie sprach: »Du bist mein einz'ges Glück.«

Drei Jahre schon hatt ich Pandekten
Studiert, als ich am ersten Mai
Zu Göttingen die Nachricht hörte,
Daß meine Braut vermählet sei.

Es war am ersten Mai! Der Frühling
Zog lachend grün durch Feld und Tal,
Die Vögel sangen, und es freute
Sich jeder Wurm im Sonnenstrahl.

Ich aber wurde blaß und kränklich,
Und meine Kräfte nahmen ab;

Der liebe Gott nur kann es wissen,
Was ich des Nachts gelitten hab.

Doch ich genas. Meine Gesundheit
Ist jetzt so stark wie'n Eichenbaum ...
O Jenny, wenn ich dich betrachte,
Erwacht in mir der alte Traum!

(1835)

LUMPENTUM

Die reichen Leute, die gewinnt
Man nur durch platte Schmeichelein –
Das Geld ist platt, mein liebes Kind,
Und will auch platt geschmeichelt sein.

Das Weihrauchfaß, das schwinge keck
Vor jedem göttlich goldnen Kalb;
Bet an im Staub, bet an im Dreck,
Vor allem aber lob nicht halb.

Das Brot ist teuer dieses Jahr,
Jedoch die schönsten Worte hat
Man noch umsonst – Besinge gar
Mäzenas' Hund, und friß dich satt!

(1850)

CLARISSE

Meinen schönsten Liebesantrag
Suchst du ängstlich zu verneinen;
Frag ich dann: ob das ein Korb sei?
Fängst du plötzlich an zu weinen.

Selten bet ich, drum erhör mich,
Lieber Gott! Hilf dieser Dirne,
Trockne ihre süßen Tränen
Und erleuchte ihr Gehirne.

(1833)

Hol der Teufel deine Mutter,
Hol der Teufel deinen Vater,
Die so grausam mich verhindert
Dich zu schauen im Theater.

Denn sie saßen da und gaben,
Breitgeputzt, nur seltne Lücken,
Dich im Hintergrund der Loge,
Süßes Liebchen, zu erblicken.

Und sie saßen da und schauten
Zweier Liebenden Verderben,
Und sie klatschten großen Beifall
Als sie beide sahen sterben.

(1832)

DIE WELT IST DUMM, DIE WELT IST BLIND

Die Welt ist dumm, die Welt ist blind,
Wird täglich abgeschmackter!
Sie spricht von dir, mein schönes Kind,
Du hast keinen guten Charakter.

Die Welt ist dumm, die Welt ist blind.
Und dich wird sie immer verkennen;
Sie weiß nicht wie süß deine Küsse sind,
Und wie sie beseligend brennen.

(1822)

ICH GROLLE NICHT,
UND WENN DAS HERZ AUCH BRICHT

Ich grolle nicht, und wenn das Herz auch bricht,
Ewig verlornes Lieb! ich grolle nicht.
Wie du auch strahlst in Diamantenpracht,
Es fällt kein Strahl in deines Herzens Nacht.

Das weiß ich längst. Ich sah dich ja im Traum,
Und sah die Nacht in deines Herzens Raum,
Und sah die Schlang, die dir am Herzen frißt,
Ich sah, mein Lieb, wie sehr du elend bist.

(1821)

AN FRIEDRICH MERCKEL

Ich habe die süße Liebe gesucht,
Und hab den bittern Haß gefunden,
Ich habe geseufzt, ich habe geflucht,
Ich habe geblutet aus tausend Wunden.

Auch hab ich mich ehrlich Tag und Nacht
Mit Lumpengesindel herumgetrieben,
Und als ich all diese Studien gemacht,
Da hab ich ruhig den »Ratcliff« geschrieben.

(1826)

DU LIEBST MICH NICHT, DU LIEBST MICH NICHT

Du liebst mich nicht, du liebst mich nicht,
Das kümmert mich gar wenig;
Schau ich dir nur ins Angesicht,
So bin ich froh wie'n König.

Du hassest, hassest mich sogar,
So spricht dein rotes Mündchen;
Reich mir es nur zum Küssen dar,
So tröst ich mich, mein Kindchen.

(1821)

ANNO 1839

Oh, Deutschland, meine ferne Liebe,
Gedenk ich deiner, wein ich fast!
Das muntre Frankreich scheint mir trübe,
Das leichte Volk wird mir zur Last.

Nur der Verstand, so kalt und trocken,
Herrscht in dem witzigen Paris –
Oh, Narrheitsglöcklein, Glaubensglocken,
Wie klingelt ihr daheim so süß!

Höfliche Männer! Doch verdrossen
Geb ich den art'gen Gruß zurück. –
Die Grobheit, die ich einst genossen
Im Vaterland, das war mein Glück!

Lächelnde Weiber! Plappern immer,
Wie Mühlenräder stets bewegt!
Da lob ich Deutschlands Frauenzimmer,
Das schweigend sich zu Bette legt.

Und alles dreht sich hier im Kreise,
Mit Ungestüm, wie 'n toller Traum!
Bei uns bleibt alles hübsch im Gleise,
Wie angenagelt, rührt sich kaum.

Mir ist als hört ich fern erklingen
Nachtwächterhörner, sanft und traut;

Nachtwächterlieder hör ich singen,
Dazwischen Nachtigallenlaut.

Dem Dichter war so wohl daheime,
In Schildas teurem Eichenhain!
Dort wob ich meine zarten Reime
Aus Veilchenduft und Mondenschein.

(1839)

WER EIN HERZ HAT UND IM HERZEN

Wer ein Herz hat und im Herzen
Liebe trägt, ist überwunden
Schon zur Hälfte; und so lieg ich
Jetzt geknebelt und gebunden – – –

Wenn ich sterbe, wird die Zunge
Ausgeschnitten meiner Leiche;
Denn sie fürchten, redend käm ich
Wieder aus dem Schattenreiche.

Stumm verfaulen wird der Tote
In der Gruft, und nie verraten
Werd ich die an mir verübten
Lächerlichen Freveltaten.

(1853)

DER ABGEKÜHLTE

Und ist man tot, so muß man lang
Im Grabe liegen; ich bin bang,
Ja, ich bin bang, das Auferstehen
Wird nicht so schnell vonstatten gehen.

Noch einmal, eh mein Lebenslicht
Erlöschet, eh mein Herze bricht –
Noch einmal möcht ich vor dem Sterben
Um Frauenhuld beseligt werben.

Und eine Blonde müßt es sein,
Mit Augen sanft wie Mondenschein –
Denn schlecht bekommen mir am Ende
Die wild brünetten Sonnenbrände.

Das junge Volk voll Lebenskraft
Will den Tumult der Leidenschaft,
Das ist ein Rasen, Schwören, Poltern
Und wechselseit'ges Seelenfoltern!

Unjung und nicht mehr ganz gesund,
Wie ich es bin zu dieser Stund,
Möcht ich noch einmal lieben, schwärmen
Und glücklich sein – doch ohne Lärmen.

(1848)

THOMAS BRASCH

NACH WORT

Aus seinen Mündern
Fallen Schatten
In seinem Harem
Nisten Ratten
Hinter den Augen
Stürzen Wände
Es wachsen Algen
Um seine Hände
Jetzt bricht der Fluß
Die letzten Dämme
Und trägt zum Meer
Die schweren Stämme
In seinen Liedern
Wird es still
Weil er von alldem
Nicht singen will

GEDICHTANFÄNGE UND ÜBERSCHRIFTEN

Die Abkürzungen sind in den Hinweisen zu dieser Ausgabe am Schluß des Bandes verzeichnet.

Alle Liebesgötter jauchzen *R, Pomare 1* · 23
Altes Lied *R II* · 35
An Friedrich Merckel *VG* · 71
An Jenny *NG, zu Emma* · 64
An meine Mutter, B. Heine, geborne v. Geldern *BdL Son* · 13
Anno 1839 *NG, Rom 8* · 73
Clarisse *NG, Clar 1* · 67
Das Fräulein stand am Meere *NG, Ser 10* · 54
Das macht den Menschen glücklich *NG, LG* · 52
Der Abgekühlte *R, Laz 9* · 76
Der Tag ist in die Nacht verliebt *NG, Ro 20* · 10
Der Wechselbalg *NG, ZG 16* · 12
Die alten, bösen Lieder *BdL, Int 65* · 27
Die reichen Leute, die gewinnt *R, Laz 5* · 66
Die Welt ist dumm, die Welt ist blind *BdL, Int 15* · 69
Donna Clara *BdL, Hk* · 14
Du bist gestorben und weißt es nicht *R II* · 35
Du liebst mich nicht, du liebst mich nicht *BdL, Int 12* · 72
Ein Jüngling liebt ein Mädchen *BdL, Int 39* · 29
Ein Kind mit großem Kürbiskopf *NG, ZG 16* · 12
Ein Weib *NG, Ro 1* · 11
Eine große Landstraß ist unsere Erd *BdL, Tb 19* · 26
Es hatte mein Haupt die schwarze Frau *Zum Lazarus 2* · 45
Es war ein alter König *NG, NF 29* · 33
Hab ich nicht dieselben Träume *NG, NF 27* · 31
Hatte wie ein Pelikan *Ü Byron, Fare thee well* · 58
Hol der Teufel deine Mutter *NG, Clar 3* · 68
Ich bin nun fünfunddreißig Jahr alt *NG, zu Emma* · 64
Ich bin's gewohnt den Kopf recht hoch zu tragen *BdL Son* · 13
Ich grolle nicht, und wenn das Herz auch bricht *BdL, Int 18* · 70

Ich hab im Traum geweinet *BdL, Int 55* · 19
Ich habe die süße Liebe gesucht *VG* · 71
Ich habe verlacht, bei Tag und bei Nacht *Lam* · 57
Ich halte ihr die Augen zu *NG, Ang 4* · 42
Ich hatte einst ein schönes Vaterland *NG, Frem 3* · 18
Ich weiß nicht, was soll es bedeuten *BdL, Hk 2* · 24
Im Traum sah ich die Geliebte *BdL, Hk 41* · 48
In dem abendlichen Garten *BdL, Hk* · 14
Kitty stirbt! und ihre Wangen *NG zu Frem 6* · 55
Klagelied eines altdevtschen Jünglings *NG, Ro 19* · 41
Laß ab! *NG, Ro 20* · 10
Lebensgruß *BdL, Tb 19* · 26
Lebewohl *Ü Byron, Fare thee well* · 58
Lotosblume *Lam* · 59
Lumpentum *R, Laz 5* · 66
Man glaubt, daß ich mich gräme *BdL, Hk 30* · 63
Mein süßes Lieb, wenn du im Grab *BdL, Int 32* · 22
Meinen schönsten Liebesantrag *NG, Clar 1* · 67
Mir träumte von einem schönen Kind *NG, Frem* · 32
Mit deinen großen, allwissenden Augen *NG, zu Clarisse 1* · 40
Nacht lag auf meinen Augen *BdL, Int 54* · 38
Nicht lange täuschte mich das Glück *NG Clar 6* · 47
Nun ist es Zeit, daß ich mit Verstand *BdL, Hk 44* · 50
Oh, Deutschland, meine ferne Liebe *NG, Rom 8* · 73
Pomare *R, Pomare 1* · 23
Sag mir wer einst die Uhren erfund *NG, NF 25* · 21
Sei mir gegrüßt, du große *BDL, Hk 17* · 62
Selten habt ihr mich verstanden *BdL, Hk 78* · 56
Sie hatten sich beide so herzlich lieb *NG, Ro 1* · 11
Sie liebten sich beide, doch keiner *BdL, Hk 32* · 46
Sie tat so fromm, sie tat so gut *NG, VG* · 61
Und ist man tot, so muß man lang *R, Laz 9* · 76
Vergiftet sind meine Lieder *BdL, Int 51* · 37
Viele Weiber, viele Flöhe *R II* · 36
Wahrhaftig, wir beide bilden *Lam* · 59

Wandere! *NG, Oll 4* · 43
Wenn dich ein Weib verraten hat *NG, Oll 4* · 43
Wenn ich an deinem Hause *BdL, Hk 13* · 51
Wenn ich, beseligt von schönen Küssen *NG, Ang 5* · 30
Wenn ich in deine Augen seh *BdL, Int 4* · 34
Wenn zwei voneinander scheiden *BdL, Int 49* · 44
Wer ein Herz hat und im Herzen *Lam* · 75
Wir standen an der Straßeneck *NG Hort 2* · 20
Wohl dem, dem noch die Tugend lacht *NG, Ro 19* · 41
Worte! Worte! keine Taten! *Lam* · 60
Zu der Lauheit und der Flauheit *BdL, zu Hk* · 53
Zum Hausfrieden *R II* · 36
Zum Polterabend *NG, zu Clarisse 1* · 40

INHALT

Thomas Brasch: Vor Wort für Heine 9
Laß ab! 10
Ein Weib 11
Der Wechselbalg 12
An meine Mutter, B. Heine, geborne v. Geldern . 13
Donna Clara 14
Ich hatte einst ein schönes Vaterland 18
Ich hab im Traum geweinet 19
Wir standen an der Straßeneck 20
Sag mir wer einst die Uhren erfund 21
Mein süßes Lieb, wenn du im Grab 22
Pomare 23
Ich weiß nicht, was soll es bedeuten 24
Lebensgruß 26
Die alten, bösen Lieder 27
Ein Jüngling liebt ein Mädchen 29
Wenn ich, beseligt von schönen Küssen 30
Hab ich nicht dieselben Träume 31
Mir träumte von einem schönen Kind 32
Es war ein alter König 33
Wenn ich in deine Augen seh 34
Altes Lied 35
Zum Hausfrieden 36
Vergiftet sind meine Lieder 37
Nacht lag auf meinen Augen 38
Zum Polterabend 40
Klagelied eines altdevtschen Jünglings 41
Ich halte ihr die Augen zu 42

Wandere! 43
Wenn zwei voneinander scheiden 44
Es hatte mein Haupt die schwarze Frau 45
Sie liebten sich beide, doch keiner 46
Nicht lange täuschte mich das Glück 47
Im Traum sah ich die Geliebte 48
Nun ist es Zeit, daß ich mit Verstand 50
Wenn ich an deinem Hause 51
Das macht den Menschen glücklich 52
Zu der Lauheit und der Flauheit 53
Das Fräulein stand am Meere 54
Kitty stirbt! und ihre Wangen 55
Selten habt ihr mich verstanden 56
Ich habe verlacht, bei Tag und bei Nacht 57
Lebewohl 58
Lotosblume 59
Worte! Worte! keine Taten! 60
Sie tat so fromm, sie tat so gut 61
Sei mir gegrüßt, du große 62
Man glaubt, daß ich mich gräme 63
An Jenny 64
Lumpentum 66
Clarisse 67
Hol der Teufel deine Mutter 68
Die Welt ist dumm, die Welt ist blind 69
Ich grolle nicht, und wenn das Herz auch bricht . 70
An Friedrich Merckel 71
Du liebst mich nicht, du liebst mich nicht 72
Anno 1839 73
Wer ein Herz hat und im Herzen 75
Der Abgekühlte 76

Thomas Brasch: Nach Wort 77
Gedichtanfänge und Überschriften 78

ZU DIESER AUSGABE

insel taschenbuch 1444
Heinrich Heine
Gedichte aus Liebe

Die Texte folgen der Ausgabe: Heinrich Heine, Sämtliche Gedichte in einem Band. Herausgegeben von Klaus Briegleb. Insel Verlag Frankfurt am Main und Leipzig 1992. Umschlagabbildung: Dimitri Dimitewitsch Schilinskij, Adam und Eva. Öl auf Holz. 1980.

Abkürzungen im Verzeichnis der Gedichtanfänge und Überschriften: *Ang* Angelique; *BdL* Buch der Lieder; *Clar* Clarisse; *Frem* In der Fremde; *Hk* Die Heimkehr; *Hort* Hortense; *Int* Lyrisches Intermezzo; *Lam* Lamentationen; *Laz* Lazarus; *LG* Letzte Gedichte; *NF* Neuer Frühling; *NG* Neue Gedichte; *Oll* Zur Ollea; *R* Romanzero; *Ro* Romanzen; *Ser* Seraphine; *Son* Sonette, in: Junge Leiden; *Tb* Traumbilder, in: Junge Leiden; *Ü* Übersetzung, *VG* Vermischte Gedichte, *ZG* Zeitgedichte.

Klassische deutsche Literatur
im insel taschenbuch

Johann Friedrich Abegg: Reisetagebuch von 1798. it 1013
Achim von Arnim: Erzählungen. it 1018
Achim und Bettina in ihren Briefen. 2 Bde. in Kassette. it 1095
Bettina von Arnim: Aus meinem Leben. it 642
– Bettina von Arnims Armenbuch. it 541
– Goethes Briefwechsel mit einem Kinde. it 767
– Die Günderode. Mit einem Essay von Christa Wolf. it 702
Bettina von Arnim / Clemens Brentano: Clemens Brentanos Frühlingskranz aus Jugendbriefen ihm geflochten, wie er selbst schriftlich verlangte. it 812
Friedmund von Arnim: Märchen. Hundert neue Märchen, im Gebirge gesammelt. it 1309
Johann Beer: Die teutschen Winter-Nächte & Die kurzweiligen Sommer-Täge. Zwei Romane. it 872
Ludwig Börne: Briefe aus Paris. it 924
Hermann Bote: Till Eulenspiegel. Ein kurzweiliges Buch aus dem Lande Braunschweig. Wie er sein Leben vollbracht hat. Sechsundneunzig seiner Geschichten. it 336
Clemens Brentano: Gedichte. Erzählungen. Briefe. it 557
– Gockel Hinkel Gackeleia. Märchen. it 47
– Italienische Märchen. it 695
– Rheinmärchen. In der von Guido Görres herausgegebenen Ausgabe von 1846. it 804
Briefe von Dunkelmännern. Epistolae obscurorum virorum an Magister Ortuin Gratius aus Deventer, Professor der schönen Wissenschaften zu Köln. it 1297
Georg Büchner: Lenz. Erzählung. it 429
– Leonce und Lena. Ein Lustspiel. it 594
– Woyzeck. it 846
Gottfried August Bürger: Wunderbare Reisen zu Wasser und zu Lande. it 207
Bürgers Liebe. Die Ehestandsgeschichte von Elise Hahn und Gottfried August Bürger. it 564
Wilhelm Busch: Kritisch- Allzukritisches. Gedichte. it 52
– Sämtliche Bilderbogen. it 620
Adelbert von Chamisso: Peter Schlemihls wundersame Geschichte. it 27
Matthias Claudius: Der Wandsbecker Bote. it 130
Annette von Droste-Hülshoff: Bei uns zulande auf dem Lande. Prosaskizzen. it 697

161/1/8.91

ERRATA

Der Anfang des Gedichts
auf Seite 77 muß heißen:
»Aus seinen Mündern
Fallen Schatten
In seinen Haaren
Nisten Ratten«

insel taschenbuch 1444
Heinrich Heine
Gedichte aus Liebe

Klassische deutsche Literatur
im insel taschenbuch

Annette von Droste-Hülshoff: Die Judenbuche. Ein Sittengemälde aus dem gebirgichten Westfalen. it 399
– Sämtliche Gedichte. it 1092
Marie von Ebner- Eschenbach: Dorf- und Schloßgeschichten. it 1272
Johann Peter Eckermann: Gespräche mit Goethe in den letzten Jahren seines Lebens. 2 Bde. it 500
Joseph von Eichendorff: Aus dem Leben eines Taugenichts. it 202
– Gedichte. it 255
– Gedichte. it 1060
– Novellen und Gedichte. it 360
Theodor Fontane: Allerlei Glück. Plaudereien, Skizzen und Unvollendetes. it 641
– Cécile. it 689
– Effi Briest. it 138
– Frau Jenny Treibel oder ›Wo sich Herz zum Herzen findt‹. Roman. it 746
– Grete Minde. it 1157
– Irrungen, Wirrungen. it 771
– Jenseit des Tweed. Bilder und Briefe aus Schottland. it 1066
– Mathilde Möhring. it 1107
– Meine Kinderjahre. Autobiographischer Roman. it 705
– Die Poggenpuhls. Roman. it 1271
– Schach von Wuthenow. Erzählung aus der Zeit des Regiments Gendarmes. it 816
– Der Stechlin. it 152
– Stine. Roman. it 899
– Unwiederbringlich. Roman. it 286
– Von Zwanzig bis Dreißig. it 985
– Vor dem Sturm. Roman, aus dem Winter 1812 auf 13. it 583
– Wanderungen durch die Mark Brandenburg. 5 Bde. in Kassette. it 1181-1185
Theodor Fontane. Ein Leben in Briefen. it 540
Georg Forster: Ansichten vom Niederrhein, von Brabant, Flandern, Holland, England und Frankreich im April, Mai und Junius 1790. it 1136
– Reise um die Welt. it 757
Johann Conrad Friederich: Vierzig Jahre aus dem Leben eines Toten. it 1292
Christian Fürchtegott Gellert: Fabeln und Lieder. it 895

161/2/8.91

Klassische deutsche Literatur
im insel taschenbuch

Friedrich Gerstäcker: Die Flußpiraten des Mississippi. Roman. it 435
Das Gespensterbuch. it 1388
Johann Wolfgang Goethe: Dichtung und Wahrheit. 3 Bde. in Kassette. it 149-151
– Elegie von Marienbad. September 1823. Faksimile einer Urhandschrift. it 1250
– Erotische Gedichte. Gedichte, Skizzen und Fragmente. it 1225
– Faust. Erster Teil. it 50
– Faust. Zweiter Teil. it 100
– Urfaust. Faust. Ein Fragment. Faust. Eine Tragödie. Paralleldruck der drei Fassungen. 2 Bde. it 625
– Frühes Theater. Mit einer Auswahl aus den dramaturgischen Schriften 1771-1828. it 675
– Goethe – warum? Eine repräsentative Auslese aus Werken, Briefen und Dokumenten. it 759
– Goethe über das Mittelalter. it 1200
– Goethe über die Deutschen. it 325
– Goethes Feste. Festliche Texte. it 1325
– Goethes Gedanken über Musik. Eine Sammlung aus seinen Werken, Briefen, Gesprächen und Tagebüchern. it 800
– Goethes Liebesgedichte. it 275
– Die guten Frauen als Gegenbild der bösen Weiber. it 925
– Hermann und Dorothea. it 225
– Historische Schriften. Eine Auswahl in biographischer Folge. it 650
– Italienische Reise. it 175
– Tagebuch der Italienischen Reise 1786. Notizen und Briefe aus Italien. it 176
– Klassisches Theater. it 700
– Die Leiden des jungen Werther. it 25
– Märchen. Der neue Paris. Die neue Melusine. Das Märchen. it 825
– Der Mann von funfzig Jahren. it 850
– Maximen und Reflexionen. it 200
– Die natürliche Tochter. it 1175
– Novelle. it 2301
– Novellen. it 425
– Pandora. it 1075
– Reineke Fuchs. it 125
– Das Römische Carneval. Mit den farbigen Figurinen von 1789 und den Fragmenten »Über Italien«. it 750

161/3/8.91

Klassische deutsche Literatur im insel taschenbuch

Johann Wolfgang Goethe: Römische Elegien und Venezianische Epigramme. it 1150
– Schriften zur Naturwissenschaft. it 550
– Schriften zur Weltliteratur. Mit Buchillustrationen aus der Goethezeit. it 1025
– Tagebuch der ersten Schweizer Reise 1775. it 300
– Unterhaltungen deutscher Ausgewanderten. it 1050
– Die Wahlverwandtschaften. Ein Roman. it 1
– West- östlicher Divan. it 75
– Wilhelm Meisters Lehrjahre. it 475
– Wilhelm Meisters theatralische Sendung. it 725
– Wilhelm Meisters Wanderjahre oder die Entsagenden. it 575
– Xenien. it 875
Briefe an Charlotte von Stein. 3 Bde. in Kassette. it 1125
Briefwechsel zwischen Goethe und Zelter 1796-1832. 3 Bde. it 950
Der Briefwechsel zwischen Schiller und Goethe. 2 Bde. it 250
Goethes Briefwechsel mit Marianne und Jakob Willemer. it 900
Goethes Briefwechsel mit seiner Frau. 2 Bde. in Kassette. it 1100
Johann Wolfgang Goethe / Friedrich von Schiller: Sämtliche Balladen und Romanzen. it 1275
Manfred Wenzel: Goethe und die Medizin. it 1350
Jeremias Gotthelf: Die schwarze Spinne. it 991
Christian Dietrich Grabbe: Scherz, Satire, Ironie und tiefere Bedeutung. Ein Lustspiel in drei Aufzügen. it 534
Franz Grillparzer: Der arme Spielmann. it 690
Jacob Grimm: Über den Ursprung der Sprache. Gelesen in der Preußischen Akademie der Wissenschaften am 9. Januar 1851. it 877
Hans Jakob Christoffel von Grimmelshausen: Der abenteuerliche Simplicissimus. it 739
– Trutz-Simplex oder Ausführliche und wunderseltzame Lebensbeschreibung der Ertzbetrügerin und Landstörtzerin Courasche. it 211
Karoline von Günderode: Gedichte. it 809
Johann Christian Günther: Gedichte. it 1028
Wilhelm Hauff: Märchen. Erster Band. it 216
– Mitteilungen aus den Memoiren des Satan. it 782
– Zwerg Nase. it 1191
Friedrich Hebbel: Erzählungen und Tagebuchblätter. it 1029
Johann Peter Hebel: Kalendergeschichten. it 17
– Schatzkästlein des rheinischen Hausfreundes. it 719
Heinrich Heine: Atta Troll. Ein Sommernachtstraum. it 748

161/4/8.91

Klassische deutsche Literatur im insel taschenbuch

Heinrich Heine: Briefe aus Berlin. it 1322
– Buch der Lieder. it 33
– Deutschland. Ein Wintermärchen. it 723
– Florentinische Nächte. it 923
– Italien. it 1072
– Neue Gedichte. it 1055
– Der Rabbi von Bacherach. Ein Fragment. it 811
– Reisebilder. it 444
– Die romantische Schule. it 910
– Romanzero. it 538
Julius Eduard Hitzig: E.T.A. Hoffmanns Leben und Nachlaß. it 755
Friedrich Hölderlin: Gedichte. it 781
– Hyperion oder Der Eremit in Griechenland. it 365
Hölderlins Diotima Susette Gontard. Gedichte–Briefe–Zeugnisse. it 447
Hölderlin. Chronik seines Lebens mit ausgewählten Bildnissen. it 83
E. T. A. Hoffmann: Die Abenteuer der Silvester- Nacht. it 798
– Die Brautwahl. it 1124
– Die Elixiere des Teufels. it 304
– Fantasiestücke in Callots Manier. it 1283
– Das Fräulein von Scuderi. Erzählung aus dem Zeitalter Ludwig des Vierzehnten. it 410
– Der goldne Topf. Ein Märchen aus der neuen Zeit. it 570
– Klein Zaches genannt Zinnober. Ein Märchen. it 777
– Lebensansichten des Katers Murr nebst fragmentarischer Biographie des Kapellmeisters Johannes Kreisler in zufälligen Makulaturblättern. it 168
– Das Majorat. it 1085
– Nachtstücke. it 589
– Nußknacker und Mausekönig. it 879
– Prinzessin Brambilla. Ein Capriccio. it 418
– Der Sandmann. it 934
– Die Serapions-Brüder. Gesammelte Erzählungen und Märchen in vier Bänden. it 631
– Spielerglück. it 1221
– Der unheimliche Gast. Und andere phantastische Erzählungen. it 245
– Der unheimliche Gast. Großdruck.it 2302
Karl Leberecht Immermann: Münchhausen. Eine Geschichte in Arabesken. it 747

161/5/8.91

Klassische deutsche Literatur
im insel taschenbuch

Jean Paul: Dr. Katzenbergers Badereise. it 1261
– Flegeljahre. Eine Biographie. it 873
– Leben des vergnügten Schulmeisterlein Maria Wutz in Auenthal. Eine Art Idylle. it 778
– Leben Fibels des Verfassers der bienrodischen Fibel. it 1170
– Des Luftschiffers Giannozzo Seebuch und über die natürliche Magie der Einbildungskraft. it 144
– Siebenkäs. Blumen-, Frucht- und Dornenstücke oder Ehestand, Tod und Hochzeit des Armenadvokaten F. St. Siebenkäs im Reichsmarktflecken Kuhschnappel. it 980
– Titan. it 671
Johann Heinrich Jung-Stilling: Lebensgeschichte. it 709
Das Kalte Herz. Und andere Texte der Romantik. it 330
Gottfried Keller: Der grüne Heinrich. Erste Fassung. 2 Bde. it 335
– Der grüne Heinrich. Die Leute von Seldwyla. Züricher Novellen. Drei Bände in Kassette. it 1255
– Die Leute von Seldwyla. Vollständige Ausgabe der Novellensammlung. it 958
– Romeo und Julia auf dem Dorfe. it 756
– Züricher Novellen. it 201
Heinrich von Kleist: Werke in vier Bänden. 4 Bände in Kassette. it 981-984
– Die Marquise von O ... Mit Materialien und Bildern zu dem Film von Eric Rohmer und einem Aufsatz von Heinz Politzer. Herausgegeben von Werner Berthel. Übersetzungen aus dem Französischen von Werner Berthel. it 299
– Die Marquise von O ... Großdruck. it 2307
– Michael Kohlhaas. Aus einer alten Chronik. it 1352
– Der zerbrochne Krug. Ein Lustspiel. it 171
August Klingemann: Nachtwachen von Bonaventura. it 89
Friedrich Gottlieb Klopstock: Gedanken über die Natur der Poesie. it 1038
Johann C. Lavater: Physiognomische Fragmente. it 1366
Gotthold Ephraim Lessing: Dramen. it 714
– Hamburgische Dramaturgie. it 869
– Laokoon. it 1048
Georg Christoph Lichtenberg: Schriften und Briefe. 4 Bände in Kassette. it 1360
– Aphorismen. In einer Auswahl. it 165

161/6/8.91

Klassische deutsche Literatur im insel taschenbuch

Georg Christoph Lichtenberg: Erklärung der Hogarthschen Kupferstiche. it 1296
– Der Fortgang der Tugend und des Lasters. Erklärungen zu Daniel Chodowieckis Monatskupfer zum Göttinger Taschenkalender 1778. it 936
– Sudelbücher. it 792
– Über die Macht der Liebe und andere Schriften. it 1164
Liselotte von der Pfalz: Briefe. it 428
Martin Luther: Luthers Fabeln und Spruchweisheiten. it 1094
Märchen der Romantik. it 285
Meister Eckhart: Das Buch der göttlichen Tröstung. it 1005
Conrad Ferdinand Meyer: Jürg Jenatsch. Eine Bündnergeschichte. it 862
Eduard Mörike: Alte unnennbare Tage ... Ausgewählte Gedichte. it 246
– Die Historie von der schönen Lau. it 72
– Maler Nolten. Novelle in zwei Teilen. Erste Fassung. it 404
– Mozart auf der Reise nach Prag. Eine Novelle. it 376
– Mozart auf der Reise nach Prag. Novelle. Großdruck. it 2320
– Die schönsten Erzählungen. it 1290
Karl Philipp Moritz: Anton Reiser. Ein psychologischer Roman. it 433
Friedrich de la Motte-Fouqué: Undine. it 1353
Wilhelm Müller: Die Winterreise und andere Gedichte. it 901
Johann Karl August Musäus: Rübezahl. Für die Jugend von Christian Morgenstern. it 73
– Volksmärchen der Deutschen. it 1034
Johann Nestroy: Komödien. 3 Bde. it 526
– Nestroy für Minuten. »Das ist klassisch«. it 818
Novalis: Gedichte. Die Lehrlinge zu Sais – Dialogen und Monolog. it 1010
– Heinrich von Ofterdingen. it 596
Pückler-Muskau: Andeutungen über Landschaftsgärtnerei. it 1024
Hermann von Pückler-Muskau: Briefe eines Verstorbenen. Ein fragmentarisches Tagebuch. 2 Bände in Kassette. it 1219
Wilhelm Raabe: Werke in 10 Bänden. it 881-890
– Die Akten des Vogelsangs. it 888
– Altershausen. it 890
– Die Chronik der Sperlingsgasse. it 370
– Hastenbeck. it 889
– Horacker. it 883
– Im alten Eisen. it 885

161/7/8.91

Klassische deutsche Literatur
im insel taschenbuch

Wilhelm Raabe: Krähenfelder Geschichten. it 882
– Das Odfeld. it 886
– Stopfkuchen. it 887
– Stuttgarter Erzählungen. it 881
Leopold von Ranke: Die römischen Päpste in den letzten vier Jahrhunderten. it 960
Friedrich Rückert: Ausgewählte Werke. 2 Bände in Kassette. it 1022
Arnold Ruge: Patriotismus. it 1160
Ferdinand von Saar: Novellen aus Österreich. it 906
Friedrich von Schiller: Der Geisterseher. Und andere Erzählungen. it 212
– Wallenstein. Ein dramatisches Gedicht. Wallensteins Lager – Die Piccolomini – Wallensteins Tod. it 752
Friedrich von Schiller / Ludwig Ferdinand Huber: Avanturen des neuen Telemachs. Eine Geschichte in Bildern. Texte von Ludwig Ferdinand Huber. it 941
Friedrich Schlegel: Lucinde. Ein Roman. it 817
– Romantische Sagen des Mittelalters. it 930
– Theorie der Weiblichkeit. it 679
Johann Gottfried Schnabel: Die Insel Felsenburg. Roman. it 953
Arthur Schopenhauer: Aphorismen zur Lebensweisheit. Vollständige Ausgabe mit Erläuterungen und Übersetzung der fremdsprachigen Zitate. it 223
– Kopfverderber. Über die Universitäts-Philosophie und ihre Professoren. it 661
Heinrich Seidel: Leberecht Hühnchen. Prosa-Idyllen. it 786
Charlotte Stieglitz: Gedichte und Tagebücher. it 986
Adalbert Stifter: Aus dem alten Wien. Zwölf Erzählungen. it 959
– Bergkristall. Und andere Erzählungen. it 438
– Erzählungen. it 1314
– Der heilige Abend. it 699
– Der Hochwald. it 1197
– Die Mappe meines Urgroßvaters. it 1108
– Der Nachsommer. it 653
– Studien. 2 Bde. it 915
Theodor Storm: Gesammelte Werke. 6 Bde. it 731-736
– Der Schimmelreiter. Großdruck. it 2318
– Unter dem Tannenbaum. Mit Illustrationen der Erstausgabe von Otto Speckter und Ludwig Pietsch. it 1042

161/8/8.91

Klassische deutsche Literatur im insel taschenbuch

Ludwig Tieck: Der gestiefelte Kater. Ein Kindermärchen in drei Akten, mit Zwischenspielen, einem Prologe und Epiloge. it 940

– Der Hexen- Sabbat. it 1084

– Märchen und Novellen. it 1061

Ludwig Uhland: Gedichte. it 928

Friedrich Theodor Vischer: Auch einer. Eine Reisebekanntschaft. it 1063

Johann Carl Wezel: Belphegor oder Die wahrscheinlichste Geschichte unter der Sonne. it 776

Christoph Martin Wieland: Aristipp und einige seiner Zeitgenossen. it 718

– Mit fliegender Feder. Ausgewählte Briefe. it 1227

Wieland-Lesebuch. it 729

161/9/8.91

Morgenland und östliche Weisheit im insel taschenbuch

Afghanische Märchen. Herausgegeben von Manfred Lorenz. it 1270

Aladin und die Wunderlampe. Aus dem Arabischen von Enno Littmann. Mit Illustrationen einer französischen Ausgabe von 1001 Nacht von 1865/66. it 199

Ali Baba und die vierzig Räuber. Und die Geschichten von den nächtlichen Abenteuern des Kalifen aus 1001 Nacht. Aus dem Arabischen von Enno Littmann. Mit Illustrationen einer französischen Ausgabe von 1001 Nacht von 1865/66. it 163

Buddhistische Legenden. Übertragen und herausgegeben von Heinrich Zimmer. Mit einem Vorwort von Friedrich Wilhelm. it 820

Chinesische Liebesgedichte aus drei Jahrtausenden. Aus dem Chinesischen übertragen, nachgedichtet und herausgegeben von Ernst Schwarz. it 442

Chinesische Novellen. Übertragen von Franz Kuhn. Mit einem Nachwort und Anmerkungen herausgegeben von Věnceslava Hrdličkovà. it 848

Chinesische Volkserzählungen. Ausgewählt und mit einem Nachwort von Kuan Yu-Chien. Mit Illustrationen von I-Ching Cheng. it 522

Deutsche Denker über China. Herausgegeben von Adrian Hsia. it 852

Die drei Reiche. Roman aus dem alten China. Mit vierundzwanzig Holzschnitten. Aus dem Chinesischen von Franz Kuhn. it 585

Erotische Geschichten aus den Tausendundein Nächten. Aus dem arabischen Urtext der Wortley-Montague-Handschrift übertragen und herausgegeben von Felix Tauer. it 704

Die Erzählungen aus Tausendundein Tag. Vermehrt um andere Morgenländische Geschichten. Herausgegeben von Paul Ernst. Übersetzt von Felix Paul Greve. it 1001

Die Erzählungen aus den Tausendundein Nächten. Vollständige deutsche Ausgabe in zwölf Bänden. Zum ersten Mal nach dem arabischen Urtext der Calcuttaer Ausgabe aus dem Jahre 1839. Übertragen von Enno Littmann. it 224

Die Geschichte von Sindbad dem Seefahrer. Sowie von der Messingstadt und von Abu Mohammed dem Faulpelz. Aus dem arabischen Urtext von Enno Littmann. Mit Illustrationen von Gustave Doré und anderen. it 90

Geschichten der Liebe aus den Tausendundein Nächten. Aus dem arabischen Urtext übertragen von Enno Littmann. Mit acht farbigen Miniaturen. it 38

Die Jadelibelle. Roman. Aus dem Chinesischen von Franz Kuhn. it 944

156/1/9.91